Anne Borchert

Angst und Panik

Eine Schublade in deinem Leben

© 2015 Anne Borchert
Herstellung und Verlag:
BoD - Books on Demand, Norderstedt
ISBN 978-3-7347- 6055-6

Mein größter Dank gilt Lars Krumrey, der es möglich machte, meine Bücher auf hohem Niveau zu schreiben.

Vielmehr bin ich ihm dankbar, dass er mich ermutigt, meine fiktiven Gedanken und auch reellen Erlebnisse schriftlich festzuhalten!

Danke, mein Lieber!

Inhaltsverzeichnis

Kapitel 1 Der Plattmacher 5

Kapitel 2 Das Teufelszeug 14

Kapitel 3 Drummer 21

Kapitel 4 Emmas Kopfbums 27

Kapitel 5 Die Englein singen 35

*„Die Freiheit lässt sich nicht gewinnen,
von aussen wird sie nicht genährt,
Freiheit wächst zuerst tief innen,
in der Seele, wo sie dich erfährt.
Willst du dieses Wachsen fördern,
so bring zuerst dich selber ein.
Fremde Fesseln dir zerstöre
sie können eine Bremse sein."*

Monika Minder

Kapitel 1   Der Plattmacher

Ein verdammt schöner Tag. Die Sonne scheint seit heute Morgen mit einer Ausdauer auf den Balkon von Emma, als würde sie nie mehr untergehen wollen. Es riecht nach Sommer! Emma macht noch eifrig ihre Blümchen mit ihrer Sprühflasche nass und spannt den riesengroßen beigen Sonnenschirm auf.

Sie ist auf dem Sprung zu ihrem wöchentlichen Termin. Auf ihrem Rad spürt sie einen leichten Fahrtwind, der mit einer Leichtigkeit, vergleichbar einer Feder, in ihr wunderschönes natürliches Gesicht haucht.

Ihr blonder Pferdeschwanz flattert von links nach rechts. Sie liebt ihre langen Haare und vor allem liebt sie es, wenn sie spürt, wie sie sich bewegen. Ein kleines Stück Lebendigkeit, die ihr innerlich ein wenig fehlt.

Emma ist sehr bedacht darauf pünktlich zu sein. Sie hat heute nämlich wieder einen Termin bei Herrn Bix, ihrem Psychologen. Ein patenter Mann, so sieht Emma ihn. Etwas Ähnlichkeit mit ihrem verstorbenen Opa. Die Ruhe in Person, grauhaarig mit dem Beginn einer zunehmenden Glatze und einem wuscheligem Bart im gesamten Kinn- und Wangenbereich. Seitdem sie ihren Psycho-Doc kennt, ist es Emmas Ziel, genauso ruhig und ausgeglichen zu sein, auch wenn das noch Jahre in Anspruch nehmen sollte. Jede Woche besucht sie ihn in der Praxis in seinem niedlichen Eigenheim, um mit ihm über aktuelle Probleme oder Sorgen zu diskutieren. Sie kann ihm alles Erdenkliche berichten und anvertrauen. Er sitzt trotzdessen seelenruhig in seinem alten dunkelbraunen Lerdersessel, die Hände gefaltet und aufmerksam bei jedem Wort, welches Emma äußert. Selbst wenn es sonst bei jedem Gespräch etwas Neues zu berichten gibt, heute nicht! Emma will gleich noch mit dem Auto zu ihrer Schwester fahren und dann an den See; das kühle Wasser auf ihrer gebräunten Haut abperlen lassen. Wasser ist ihr Element. Das Gefühl beim Auftauchen, die Augen zu öffnen und tief einzuatmen und nur die grenzenlos scheinende, unberührte Natur um sie herum, ist für sie befreiend. Deshalb versucht sie jeden einzelnen Tag, besonders im Sommer, zu nutzen und zu genießen. Herr Bix bemerkt ihre innere Unruhe, spürt aber auch, dass sie diesmal in keine negative Richtung ausschlägt. Er ist froh, dass Emma heute lächeln kann, sich positive Dinge vornimmt und genießen lernt. Es gab nämlich auch viele von diesen überaus grauen Tagen, an denen Emma wie ein Häufchen Elend auf seiner Patientencouch hockte und nicht aufhörte zu weinen. Sie ließ sich an solchen Tagen einfach nicht beruhigen. Wie ein Igel zusammengekauert vor Angst und die Stacheln zur Wahrung der Distanz in Stellung gebracht. Aber das ist einige Wochen her; direkt nach dem Klinikaufenthalt. Mittlerweile nimmt sie ihre Tabletten regelmäßig, sodass sie keine Panik mehr erleiden muss und innerlich zur Ruhe kommen kann. Herr Bix hat nach der Entlassung nicht, wie vorgeschlagen durch die Ärzte aus der Psychiatrie, mit der Tiefenpsychologie begonnen, sondern arbeitet an dem Umgang mit ihrem „Kopfkino", wie Emma es ins Lächerliche zieht. In der heutigen Sitzung beim Psycho-Doc versucht Emma einfach nur die Stunde hinter sich zu bringen. Der graue Alte versucht den Punkt *Essen* zu thematisieren, aber dabei leuchten sofort die Lampen in Emmas Birne rot auf. Alarmglocken donnern durch ihr Hirn. „Man, immer das Selbe", flucht sie innerlich und flunkert mit ihrem Gewicht. „Zwei Kilo könnten es schon mehr sein, denke ich." Aber durch ihre Beruhigungstabletten ist nicht nur das Angstzentrum gelähmt, nein, sie fühlt sich auch nicht in der Lage zu essen - was nicht wirklich zu ihrem Bedauern ist. Sie braucht das Gefühl von Leichtigkeit in der Magengegend. Am besten schläft sie abends ein, wenn dieser auch noch knurrend streikt. Dann nämlich weiß sie, dass sie nicht zugenommen haben kann. „Mehr Kalorien verbrauchen, als aufnehmen", so ermahnt sie sich selbst zur Disziplin.

An ihrem Kühlschrank hängt ein Bild. Birte. 11 Jahre. Geschätzte 130 Kg. Darauf steht: „Birte liebt es, fang' den Keks zu spielen". Man muss dazu sagen, dass dieses dicke kleine Bauernmädchen den Keks auf der Schulter zu liegen hat und ihn mit dem Mund und der

Zunge versucht zu erhaschen. Emma amüsiert sich köstlich im Innern. Herr Bix jedenfalls grinst sie an und wünscht ihr einen tollen Tag und ein sonniges Wochenende.

Immernoch geprägt von den Emotionen „Autobahn", fährt Emma lieber die Landstraßen entlang. Es dauert zwar etwas länger und sie kann nicht ganz so zügig fahren, dafür aber hat sie jederzeit die Gelegenheit anzuhalten. Sie spürt diesen Funken Sicherheit in jeder Stadt, die sie durchquert. Latte Macchiato und Zigarette in der rechten Hand, die Musik auf vollster Stufe, genießt sie die Hitze und die Strahlen der Sonne, die ihr ins Gesicht fallen. Nach etwa einer Stunde und zwanzig Minuten erreicht sie das Zuhause ihrer sechs Jahre älteren Schwester. Alle nennen sie Wölkchen.

Wölkchen ist nicht wie jede andere Frau. Sie ist laut, burschikos, aufdringlich und immer im Mittelpunkt des Geschehens, unabhängig von der Gesellschaft, die sie umgibt. Anders als Emma. Aber ab und zu gefällt ihr das, weil Wölkchen ausspricht was Emma denkt.

Mit Bier im Rucksack und Decke unterm Arm, steigt Wölkchen ins Auto. „Moppelkin'! Ab zum See!" Wieder eines ihrer Hasswörter, die sie nicht hören möchte. Denn in der Pupertät war Emma etwas mopsig, um nicht zu sagen: wohl genährt. Wölkchen zieht sie immer noch gerne mit dem Wort auf. Nichtsdestotrotz macht Emma gute Miene zum bösen Spiel, schließlich sieht sie ja jetzt um ein Vielfaches besser aus als Birte an ihrem Kühlschrank. Sie fahren etwas mehr als eine viertel Stunde. Der See liegt in einem Wald, ein bisschen abseits und meistens sind sie dort alleine. Wölkchen schmeißt sich oben ohne und trotz mehrerer lastender Kilos auf die Decke, knackt das Bier und zündet eine Kippe an. Emma breitet ihre Decke auch aus. So dass jede Ecke gerade verläuft. Mit Rundum-Blicken prüft sie, ob sie auch ja alleine sind. Erst dann entblößt sie sich bis zum Bikini. Erwartungsgemäß beginn Wölkchen sofort mit dem Fahrstuhlblick. Runter. Hoch. Runter und erneut hoch. Der einzige Kommentar, den Wölkchen ablässt, stellt Emma mehr als zufrieden. „KZ-Kind." Emma fühlt sich bestätigt.

Wenn die beiden Schwestern zusammen unterwegs sind, dann füllt Wölkchen mindestens 80% der Zeit mit ihren geistigen Auswürfen über Gott und die Welt. Na ja, mehr Welt als Gott. Das ist Emma aber ganz lieb. Als die Sonne hinter den großen Kiefern und anderen Bäumen untergeht, brechen sie die Zelte wieder ab und fahren zurück in die Stadt. Wölkchen macht sich daheim ausgehfertig, während Emma schon wieder ihre Bedarfsarznei missbraucht. Eigentlich kein Funken Unruhe oder Grund sie zu nehmen, aber einfach rein prophylaktisch macht sie es trotzdessen. „Noch dreißig Minuten; dann Emma-Dresch", freut sie sich. Sie weiß, dass sie ohne die weißen Pillen nicht mehr Leben kann. Oder möchte? Sie hat es versucht. Der ambulante Entzug zuhause ist maximal drei Wochen her. Die reinste Qual. Schlimmer kann nur noch die Hölle sein. Und in die möchte sie am aller wenigsten. Sie hat sich gekrümmt wie ein Igel, ist vor Schmerzen auf alle viere durch ihre Wohnung gekrochen und hatte die irresten Träume seit sie denken kann. Durcheinander, ohne Zusammenhänge. Schnell und blutig. Schmerzhaft. Abartig schmerzhaft. Jede Nacht badete sie im kalten Schweiß. Sie kann sich noch ganz genau erinnern. In ihrem rosa Büchlein hat sie diesen Entzug festgehalten, weil sie der Meinung war, das Dokumentieren hilft ihr beim Widerstehen der Arznei. Außenstehende würden es als Drogenkonsum betiteln, aber es ist ja nun mal ihr Medikament, welches sie zur Ruhe bringen soll. Dennoch wurde ihr von ihrer Neurologin geraten, es langsam abzusetzen. Wie langsam ist langsam? „Zeit ist relativ", lacht Emma.

Versuch der I.

Du weißt es ist das Richtige, du sagst, halt' durch.
Nur das ist das Wichtige.
Von Innen friere ich und alles zittert.
Die Tränen fließen. Die Lippe bibbert.
Ein Kampf mit sich selbst. Irgendwie gegen sich.
Der Kopf ist schwer und sticht. Der Magen rebelliert.
Die Augen groß wie Lichter. Nichts ist kontrolliert.
Der Tunnel wird enger und dichter.
Ein Gefühl, als stehe man neben sich und schaut zu –
Zusehen; beim kaputt gehen.
Das Verlangen ist so enorm. In dir kocht Wut und Zorn.
Auf dich Selbst und die gesamte Welt.
Weil niemand hilft und hält. Wobei auch?
Jeder kämpft für sich alleine, spricht eigene Worte,

geht eigene Wege. Jeder hat Mund und Beine.
Verlassen musst du dich auf deinen Verstand.
Jetzt liegt es in deiner Hand.
Zügel fest – alles andere kommt. Oder nicht. Der Rest!

Diese Qualen die sie während des Entzuges erleiden musste, waren nicht zu beschreiben. Sie hat für sich beschlossen, die Tabletten weiter zu nehmen, wenn es da nicht dieses kleine Problem geben würde… Die Hausärztin darf sie nicht verschreiben und ihre Neurologin weigert sich strikt. Frau Rose ist der Meinung, dass Emma ganz gut ohne diese *Plattmacher* leben könne. „Woher will die das wissen", schimpft Emma innerlich.

Nun hat sie nicht nur den Druck, nicht mehr unter den Panik- und Angstattacken zu leiden, sondern sich auch noch dieses Teufelszeug irgendwie selbst zu besorgen. „Blöde Kuh", betitelt Emma Frau Rose und verlässt wütend und lautstark wie ein bockiges Kind, das ein Spielzeug nicht bekam, das Praxiszimmer.

Kapitel 2 Das Teufelszeug

Zum Glück hatte diese Psycho-Anstalt, in der Emma 6 Wochen lang sich selbst ertragen musste, auch etwas Gutes. Sie hatte immer noch Kontakt zu Hans. Hans hatte wiederum einiges an „Vitamin B" in petto. Beziehungen zu Patienten, Ärzten und anderen, nennen wir sie Händler. Emma düste des öfteren, wenn die Ration an diesen *Gedanken-los-sein-Pillen* sich dem Ende zuzuneigen schien, zu Hans. Er wohnte zwar um die 55 Kilometer entfernt, aber die Angst vor der Angst, sie könnte wieder Panik erleiden, war größer, als jedes andere Hindernis in dieser Situation.

An manchen schwarzen Tagen hatte Emma nicht einmal mehr den Überblick über ihren täglichen Konsum. Bei jedem noch so kleinen Anzeichen einer Unruhe oder einer Rebellion ihres verwirrten Körpers schob sie Bedarf nach. Hauptsache nicht denken und nicht fühlen. Sie liebt den Moment der Kühlheit. Sie kann dann allein sein und fühlt sich von Niemandem unter Druck gesetzt.

Eines Abend, als Emma sich bei einer Freundin aufhält, weil es ihr so verdammt dreckig ging, hatte sie die Drogenauskunftzentrale angerufen. Zuvor hatte Sie zig Stunden im Auto verbracht, bevor sie sich bei ihrer Freundin meldete. Zum Glück hatte sie diese Freundin, denn sie konnte sich melden, wann immer sie wollte. Marianne wohnt in der gleichen Stadt wie Wölkchen. Ca. 20 Minuten Fahrtzeit auseinander. Sie schilderte, wie viel sie an Medikamenten genommen hatte. Jedenfalls so viel sie noch davon wusste. Es war ein Tag, an dem ihr wieder alles zu viel war. Alles schien mit einem Mal wieder wie ein brodelnder Vulkan ausbrechen zu wollen. Das Ekeln vor sich selbst, diesen Körper, der ihr so fremd ist, dass es ihr völlig egal ist, was mit und in ihm vor sich geht - und vor allem, die Bilder von der Kirche. Die Bilder von Braune. Seine Fahne. Seine stöhnenden Laute. Sein Geruch. Sein Speichel und am meisten sein Sperma. In ihr. Auf ihr. Sie hatte Heulkrämpfe. Atemnot. Übelkeit. Magenstiche durchfuhren ihren Körper wie Stromschläge. Bis sie sich übergab.
Nachdem die Drogennotfall-Hotline Entwarnung gab, hatten Emma und Marianne die Idee, noch eine Runde an der frischen Luft zu drehen, um eventuell das

Kopfchaos bei Emma zu beseitigen. Etwas Ablenkung schenkte ihr auch Mariannes Hund. Lilly. Süßes Ding. Ein bisschen wie ADHS-Kinder zu ihren Sturm- und Drangzeiten, aber enorm schmusesüchtig. Nun ja, geholfen hat der Sparziergang insofern, dass Emma und Marianne völlig bekifft und breit, wie sie waren, in die Wohnung zurückkehrten und sich eine DVD anmachten. *Die Kinder vom Bahnhof Zoo.* Na prächtig, dachte Emma. Passt ja grandios. Ihr schossen die Tränen in die Augen. Sie wollte weder abhängig sein, noch ihre Medikamente auf illegalem Wege besorgen. Aber sie wusste nicht weiter. Nur diese kleine weiße Pille hilft ihr, den Alltag zu bestehen und zu bewältigen. Denkt sie. Hofft sie.

Als Emma völlig verpeilt aufwacht und auf ihr Handy lunscht, hat sie bereits etliche Anrufe von Wölkchen. Emma spielt Gitarre und Wölkchen will, dass Emma bei Gelegenheit mit zur Bandprobe kommt. Eigentlich nichts für Emma, da sie absolut nicht teamfähig ist. Sie hält sowieso bei allem ihren Mund. Es ist mehr ein Unterordnen als ein Einordnen. Bei Emma ist das Kleinmachen schon Automatismus, wenn es um

Team- und Gruppenbildung geht. Mit Wölkchens Redekunst und einer Pille intus, machen sich die beiden an einem Freitagabend auf dem Weg zur Bandprobe. Vorsichtig betritt Emma das kleine 12qm Zimmer in einem 10-Geschosser mitten in der City. Kalter Rauch und abgestandene Luft. Genau das *Richtige* für sie. Sie nimmt sich abwechselnd Gitarre und Bass um ein wenig darauf herumzuspielen. Die beiden Schwestern sind noch alleine. Dann betritt der Bandleader, ein alter grauer Mann, psychisch nicht unbedingt stabil und auch im bunten Medikamentenkarussell unterwegs, den Raum, wenn man es so ausdrücken darf. Eigentlich schwankt er mehr. Alles was er anfasst, fällt herunter und es scheint, als hätte er seinen Geist auf dem Weg hierher verloren. Falls er noch einen Geist auf normaler Höhe besitz. Nach einer handvoll Opium, welches er mit Schwarzbier herunterspült und einer Tüte, gestopft mit Tabak und ausreichend Gras (feinster schwarzer Afghane), fängt auch der Alte an, sich seiner Umwelt bewusst zu werden. „Moooorgen", denkt Emma angewidert. Er redet nicht viel. Wie auch, wenn man sich abschießt, als würde man Pferde lahm legen wollen. Emma fühlt sich unwohl und überflüssig in diesem, bezeichnen wir es mal als Milieu. „Das ist doch kein Leben", liegt es ihr auf der Zunge. Wie immer füllen Wölkchens überflüssige Laute den kleinen Raum. Nach einer Weile des Einspielens, wie man es bei Bands so nennen kann, kommen sie jedoch schnell auf einen grünen Zweig. Gitarre, Bass und Keyboard – dazu Gesang. Klappt. Nicht A-Class, aber auch nicht DSDS-Niveau.

Etwa eine halbe Stunde später betritt der Schlagzeuger das Zimmer. Emma hat das Gefühl, dass in diesem Moment die Zeit still steht. Er blickt sie so tief an, dass sie sich sogar ein wenig dafür schämt. Sie wird leicht nervös und eine angenehme Wärme steigt ihr ins Gesicht. Dabei wollte sie doch niemanden mehr an sich heran lassen – gefühlstechnisch nicht und körperlich so wie so nicht. Emma betrachtet den Schlagzeuger hin- und wieder mal. Sie versucht ihn zu mustern, ohne das er etwas davon mitbekommt. Eigentlich nicht ihr Typ. Ziemlich dünn, aber wunderschöne braune Augen und irgendwie sexy am Schlagzeug. „Nein Emma, nie wieder", ermahnt sie sich selbst. Außerdem hängt sie doch immer noch ihrer Exfreundin hinterher.

Es war die Liebe, die sie sich immer gewünsch hatte. So intensiv und innig, so zärtlich und auf gleicher Augenhöhe. Und, es war eine Frau. Emma hatte damals sehr zu tun damit; der Schritt in die Öffentlichkeit mit einer Frau an der Seite. Aber es tat ihr gut. Zu Anfang. Sie machte alles für ihre großen Liebe. Alles. Ohne Einschränkungen. Aber vielleicht war genau das das Falsche. Sie litt. Sie litt so sehr unter den Eskapaden ihrer Freundin, dass sie selbst krank wurde und schon damals in der Tagesklinik landete. Denn ihre große Liebe baute auf einer Lüge auf. Die Frau die sie liebte, war nicht die Frau, für die sie sie hielt. Sie knallte sich etliche Drogen hinein, kam mit ihrem Geld nicht zurecht und log bei jedem Satz, den sie äußerte. Das Schlimmste aber war, dass sie noch mehrere Frauen neben Emma hatte. Das brach Emma das Herz. Dieses Missbrauchen ihres Vertrauens brach ihr so sehr das Herz, dass sie sich mehr als verloren fühlte. Diese scheiß Gefühlswelt! „Weder Frauen noch Männer!" Sie ist dafür nicht gemacht.

Seither wird ihre Haut immer dicker und ihr Herz immer kälter. Manchmal fragt sie sich, wofür sie bestraft wird und warum sie das verdient hat. „Ich habe doch niemandem etwas getan", flüstert Emma seit der Klinik in ihr tägliches Abend-Gebet.

Herz und Kopf
Mein Herz kalt und leer.
Mein Kopf heiß und schwer.
Mein Körper nicht mehr meiner,
Wo soll ich hin? Wo soll ich hin?
Mein Herz kaputt und einsam.
Mein Kopf voll und nicht beisamm'.
Mein Körper nur deiner?
Wo soll ich hin? Wo soll ich hin?
Eine Reise von Tal zu Tal.
Für Herz und Kopf nur Qual.
Erlöse mich, wenn du kannst.
Gib mir Kraft nur dieses eine Mal.
Wo soll ich hin? Wo soll ich hin?
Hab Herz und Kopf entschärft.
Sie sind betäubt.
Weil ich es so wollt'.
Schwebe durch die dunkle Welt,
bis eines Tages mein Ich aufhellt.
Wo soll ich hin? Wo soll ich hin?

Kapitel 3 Drummer

Emma kontaktiert den Drummer. Schließlich kann man Freundschaften zwischen Männern und Frauen ebenso gut aufbauen und pflegen, wie zwischen zwei Frauen. Nach Intimitäten ist ihr sowieso nicht. Schon der Gedanke daran lässst sie in Unruhe ausbrechen. Eigentlich schreibt sie ihm nur, weil sie ihr Zigarettenetui im Proberaum vergessen hat. Mehr will sie doch eigentlich nicht. Oder? Irgendetwas an ihm zieht sie in seine Nähe.

Der Drummer und Emma treffen sich im Park, in einer recht schlaflosen Gegend. Alle Spätverkäufe und Bars haben noch geöffnet. Sie trinken Bier und erzählen mindestens genauso viel, wie sie Tabak verqualmen. Emma mag seine Art, wie er erzählt. Alles hat Hand und Fuß. Nichts ist nur so daher geschwafelt, um die Zeit zu füllen. Etwas scheint die beiden zu verbinden.
Nach längerer Zeit fällt Emma auf, dass er genauso wenig über seine Familie zu sagen hat, wie sie. Das gefällt ihr, weil sie das Thema sonst hätte umgehen müssen. Wer erzählt schon gerne, von seiner

zerbrochenen Familie? Der Vater, ein psychisches Wrack, verloren im ewigen Sumpf der Medikamente und Drogen und jenseits der Realität. Schizophrenie scheint sein zweiter Schatten zu sein. Ihr Bruder auf der Flucht vor sich selbst, ohne zu wissen was er will, kleinkriminell und immer im sozialschwachem Milieu unterwegs. Die Mutter, Frau Bühl, innerlich so kraftlos wie ein Vogel mit einem gebrochenen Flügel. Sie braucht stets den Arm von Emma und das Gefühl, gehalten zu werden. Emma ist stark für ihre Mama. Sie tut ihr leid. Niemand hat so eine schreckliche Familie verdient. Deswegen versucht Emma den goldenen Käfig ihrer Mama leuchten zu lassen und verschont sie. Verschont sie vor allem, was ihr den zweiten Flügel auch noch brechen könnte. Am liebsten würde sie ihre Mama in Watte packen und ihr alles Böse von der Seele nehmen.

„Gott segne dich", seufzt Emma nach jedem Besuch, „denn kein Schatten den wir spüren, kann das Licht in uns zerstören." Emma liebt dieses Lied von Martin Pepper. Sie kann sich ganz genau daran erinnern, denn sie lauschte dem Lied das erste Mal, als sie zur Predigt in der Klapse war. Ihr erster Besuch bei Gott, seit … seit dem Vorfall. Ach ja, und Wölkchen. Wölkchen ist totkrank. Sie leidet an MS. Multiple Sklerose. Eine verdammt beschissene Krankheit des zentralen Nervensystems. Das Immunsystem ist quasi auf Null gefahren. Wenn sie nicht gerade am Kortisontropf hängt und leidet wie eine Hündin, dann hat sie Schmerzen und schleppt sich mit ihren knapp 30 Jahren und ihrem besten Freund, dem Rollator, um von Arzt zu Arzt zugelangen.

Als Mutter ist man nicht besonders stolz oder glücklich, wenn man sich dieses familiäre Elend vor Augen hält. Deshalb lebt Frau Mutter auch unter einer Käseglocke. Sie schirmt alles ab, was nicht in ihre Welt passt. Damit der Käse kein Schimmel bekommt, lässt sie nichts drunter, was nur annähernd negativen Charakter mit sich bringt. Emma hat gelernt damit umzugehen. Sie lässt ihrer Mutter ihre Scheinwelt. Wenn sie erzählen, dann nur von der Arbeit, dem Wetter und den positiven Dingen, die im Alltag manchmal so geschehen.

Es gab einen Sonntag, da besuchte Frau Bühl ihr Kind in der Klapse. Ein schöner Tag. Sonnenschein. Frische Luft. Kleiner Spaziergang. Aber Emmas Mutter stellte nicht einmal die Frage, wie es ihr geht oder wie die Klinik überhaupt ist. Emma hat darüber sehr lange nachgedacht, bis sie begreifen konnte, dass ihre Mama dazu gar nicht in der Lage war. Sie kann es nicht. Es ist schon schwer genug, sein eigenes Kind in einer psychiatrischen Anstalt zu besuchen. So überlies Emma ihrer Mutter das Wort und hörte mehr oder weniger zu. Denn bei jedem längeren Gespräch klingeln Emma die Ohren; ihre Konzentration nimmt kontinuierlich ab und sie merkte, wie sie in ihre von Gedanken verwirrte Welt abdriftete. Beim Abschied nahm Emma auch eher ihre Mum in den Arm, obwohl es hätte eigentlich anders herum sein müssen. „Hör auf zu weinen Mutti", sagte Emma noch und gab ihr einen Kuss. „Ich schaffe das und noch leb' ich ja!" Sarkastisch wie immer, brachte sie ihre Mutter noch mehr zum weinen. „Fahr jetzt, ich hasse lange Abschiede!"

Soll Emma so etwas beim ersten Treffen mit dem Drummer erzählen? Dann hätte sie ja gleich sagen können, sie sei ein benutztes Stück Fleisch, welches sich in einer Zwischenwelt aufhält. Mal mehr in der des Lebens, mal mehr in der anderen, in der man

Todessehnsucht verspürt. Emma hätte genauso gut berichten können, was für abnormale Träume sie hat, oder dass sie seit dem Vorfall nie wieder woanders geschlafen hat. Außer bei Wölkchen oder Marianne. Das sie kein Zug mehr fahren kann, geschweige denn Fahrstuhl oder in großen Einkaufsläden bummeln. Stattdessen unterhalten sie sich über Musik, Konzerte, Festivals, Hobbies, und über alles, was Emma positiv stimmt und was Drummer mit ihr zu verbinden scheint.

      Leider ist es ein Sonntag. Drummer muss am nächsten Tag früh raus. Er bringt sie also zum Auto und umarmt sie. Mehr nicht! Mehr nicht?
Emma ist erleichtert und enttäuscht zugleich. Sie will ja nicht mehr von ihm und dennoch ist sie traurig, weil sie hofft, er findet sie vielleicht ganz gut oder gar attraktiv. Gedankenkarussell. „Bin ich vielleicht nicht sein Typ", philosophierte sie, „oder er hat generell einfach kein Interesse an mehr – so wie ich."

Emma liegt auf der Couch bei Wölkchen und überlegt, dem Drummer noch eine SMS zu schreiben. Nach einem Cappuccino und einer Zigarette auf dem Balkon, mitten in der Nacht, befindet sie es als gute

Idee. „Schlaf gut Drummer, war total schön!" Es dauert keine Minute. „Fand ich auch, schlaf schön."

Kapitel 4 Emmas Kopfbums

Emma weiß einfach nicht, wie sie es beschreiben soll. An manchen Tagen, scheint es, als wäre die Welt für ein paar Stunden absolut in Ordnung. Aber selbst dann, bekommt sie Zweifel, sucht nach Haken, oder nach Steinen, die auf ihrem Weg liegen könnten. Sie grübelt und denkt einfach zu viel nach. Genau das ist ihr Problem. Sie kann schon gar nicht mehr das „Schöne" oder das „Nichts-ist-gerade-passiert" genießen. Weil sie immer auf irgendein Zeichen ihres Körpers wartet. Das ist dann so ein grauer Tag, an dem Emma in der Zwischenwelt spazieren geht. Sie verfällt in Selbstmitleid. Sie hasst sich dafür. Weil sie sich dafür so enorm hasst, lässt sie es irgendwie an sich aus. Sie kann es sich doch selbst nicht erklären.

Emma ist nicht der Typ, der extrovertiert reagiert und andere Menschen anmault. Dafür ist sie zu still und in sich zurückgezogen. Nein sie reagiert nie nach außen, im Gegenteil. Sie igelt sich ein. Versinkt in ihren Hausarbeiten für die Uni oder schreibt Gedichte in ihrem rosa Büchlein. Das kann sie dann stundenlang mit eifrigster Ausdauer erledigen. Sie ist teilweise auch einfach nur körperlich anwesend. Der Geist scheint dann mit ihrer Arznei Verstecken zu spielen. Sie starrt an die Wände, raucht eine nach der anderen und wartet, dass sich irgendetwas regt. Oft verfällt sie in einen Putzwahn. Ihre kleine Bude ist nicht sauber, sie ist clean – besser: steril. Vom Boden könnte man essen, wenn man wollte, aus der Wanne trinken. Nichts liegt herum und alles hat seine Ordnung.

„Mit dem Kopf durch die Wand", wimmert Emma. "Oder einfach nur gegen." Sie hält es schon wieder kaum aus mit sich alleine und ihren Hirngespinsten. Dennoch hat Emma bereits gelernt, wie sie, bevor sie etwas Dummes anstellt oder aus *Vergnügen* auf der Autobahn sitzt, ihre Gedanken festhält und sich ablenkt. Nun ja, die 62qm sind sauber und der Wäschekorb leer. Dann bleibt ja nur das Schreiben. Zum Glück hat sie diese Fähigkeit, das Talent sich schriftlich zu artikulieren, für sich selbst entdeckt.

Die Suche

Angst vor der Angst sich zu verlieren.

Gefühle und Gedanken nicht mehr zu kontrollieren.
Kann nicht nehmen und nicht geben.
Am liebsten schweig' ich, nur nicht reden.
Die kleinste Berührung und ich zerbrech' innerlich.
Beim kleinsten Wort, da wein' ich.
Wie soll man das ertragen?
Geschweige denn irgendwem erklären oder sagen?

Auf der Suche nach meinem Himmelslicht,
ich kann es nicht finden.
Warum ist es so dunkel? Ich seh' es nicht.
Ich brauch' etwas zum Festhalten.
Irgendetwas zum Hochziehen.
Wege glätten. Fehler gerade biegen.
Wer hält mich, was gibt Halt?
Hoffentlich finde ich es -
Hoffentlich suche ich es bald.

Im Moment geht es Emma nicht besonders gut. Sie hat sich dank eines sehr guten Freundes bei einem Arzt in vertrauensvolle Hände begeben. Eigentlich war sie sicher zu diesem Zeitpunkt: Es ist Zeit für einen neuerlichen Entzug von diesem Teufelszeug. Der Körper ist schwach und Kraft hat sie eigentlich schon lange nicht mehr. Von was auch? Einer Banane, Cappuccino und zig Zigaretten täglich? Wenn die Banane wenigstens nicht nur als Ausnahme auf dem Speiseplan stünde. Meistens ernährt sie sich nur von Flüssigem. Brühe, Grüner Tee, Brennesseltee, Wasser und vor allem Kaffee. Alles was entwässert. Ihre tägliche Kontrolle auf der Waage schenkt ihr manchmal ein Lächeln, aber meistens hat sie gleich den ersten psychischen Absturz morgens, dank des *Psycho-Bus*, der sie dann erwischt. Sie möchte nicht diese verdammte „5" sehen. „Wenn ich über 50 kg wiege, sehe ich wieder mopsig aus", schimpft sie sich an. „Ich will keine zweite Birte sein!"

Emma fängt jämmerlich an zu weinen, rutscht an den Fliesen des Badezimmers herunter und kauert in sich. Wie kommt sie nur aus diesem Teufelskreis? Die Gedanken jagen sie in den Wahnsinn. Der Zeitpunkt für den klinischen Aufenthalt steht bereits. Aber will sie es wirklich? Sie denkt darüber nach, wie das Leben ohne ihre „Wunder-Pillen" sein wird. Der Arzt sagt: "Wie das Leben davor. Da konnten Sie auch ohne dieses Zeug leben!" Emma denkt sich ihren Teil der Antwort, die der Arzt ohnehin nicht erwartet. Sie befragt Google. Den ganzen Vormittag recherchiert sie, was so ein Entzug alles mit einem anstellen kann. Psychosen. Krampfanfälle. Desorientierung. Wahrnehmungsstörung. Sie hat so furchtbare Angst, fühlt sich einsam und hilflos und vor allem unsicher.

Sie will nicht zunehmen bei dem psychiatrischen Aufenthalt, denn dort wird auf jeden Fall auf ihr Essverhalten geachtet. Bei dem Gedanken alleine könnte sie schon wieder die Wände hochkriechen. Sie schreit innerlich: Lasst mich doch alle in Ruhe. Ich will doch nur meine Ruhe. Mehr nicht. Sie heult noch mehr als vorher. Die kalten Fliesen schütten Erinnerungen an das Haus Gottes aus. Schnell hoch. Sie knallt sich ihr Zeug hinter, als würde sie ohne dieses Mittel sonst sterben müssen. „Bitte lass es sofort wirken, sonst dreh ich durch. Nach *Leben* ist mir gerade überhaupt nicht."

Sie igelt sich auf ihrem Bett ein. Kalter Lappen auf der Stirn und heiße Wärmflasche zwischen den Füßen. Bloß nicht die Augen schließen. Das Karussell fährt heut gratis! Bitte einsteigen! Ihr Körper ist ihr erneut noch fremder denn je. Sie fühlt sich ekelhaft und unansehnlich. Dann schaut sie sich ein Bild von ihrer großen Liebe an: wunderschöne Augen, die einen in ihren Bann ziehen, die Haare immer perfekt gestylt, und eine Aura, als müssten sich alle verbeugen, wenn sie einen Raum betritt. Sie ist die Schönste. Die schönste Frau, die sie je gesehen hat in ihrem bisherigen Leben. Sie vermisst ihren Duft, ihre unbekümmerte harte Art und ihre Unternehmungslust. Ihr perfektes Lächeln und ihre Küsse auf der Haut, auf der Brust - einfach überall. Sie war die Größte für Emma. Niemand scheint an sie heranzukommen oder ihr das Wasser reichen zu können.

Für mich die schönste Frau auf Erden bist,
dein Blick, dein Körper, deine Aura und dein Duft
    - Mit jeder Pore meines Daseins vermisst.
Deine Lippen so zart wie Träume auf Wolken,
deine Brüste meine Hände erwärmen konnten,
deine Schenkel mit Küssen liebkost,
verführerisch du mich locktest
    - Eine Liebesreise zu deinem Schoß.
Der Duft deiner Rose verzauberte mich,
ich leckte die Blüten und verliebte mich.
Rosenwasser uns beiden entflossen.
Eng umschlungen, knapp die Luft, schnell der Atem

- Liebe ins tiefste genossen.
Aus diesem Schoß mit reinster Liebe betrank,
mit Respekt, Vorsehen und Begehren
- Tausendmal in dir versank.
Warm und feucht unser Spiel, grenzenlos hinterm
Horizont, weil es uns gefiel.
Deine Augen, so bunt wie der Regenbogen.
ICH schenkte dir die Sonne –
DU bist uns entflogen.

Emma fließen die Tränen über ihre glühenden Wangen. Warum ist sie alleine, ohne ihre große Liebe? Warum hat sie ihr das angetan? Sie versucht es abzuschütteln. „Jetzt ist jetzt. Und jetzt ist hier. Ohne dich, Frau!"

Erst einmal muss Emma die Zeit der Klinik überstehen. Sie hat eine abgezählte Ration Tabletten, die bis dahin reichen. Aber Emma ist nicht dumm, dafür leider süchtig. Sie hat sich von Hans auf anderen Wegen noch einige 100 Stück besorgt. Falls sie es nach der Klinik nicht durchhalten sollte, braucht sie sich nicht fürchten. Die *Plattmacher* sind vorrätig. Aber ist das Sinn und Zweck?

Sie weiß es doch auch nicht. Aber wer, wenn nicht sie? Nur Emma kann das entscheiden, nur für sich selbst wollen. Genau das ist das Problem an der Sache. Da kommt das Suchtverhalten zum Einsatz in der ganzen Geschichte. Sie hat Gefallen an dem „Neben-sich-stehen" gefunden, die Welt dreht sich zwar weiter, aber für Emma nicht mehr so schnell wie zuvor. Angenehm und beruhigend. Manche machen Yoga und trinken isotonische Getränke. Sie raucht, trinkt Kaffee und Entwässerungstee und schnabbelt ihre heißgeliebten Pillen die *Plattmacher*.

Kapitel 5 Die Englein singen

Wenn das nicht Isolation ist, was Emma betreibt, was dann? Sie antwortet bewusst nicht auf SMS, Emails oder Anrufe. Manchmal kommt es sogar vor, dass sie die Anrufe wegdrückt und notlügt, dass sie nicht rangehen kann. Emma geht jeglichem sozialen Kontakt aus dem Weg. Ob es Drummer ist, den sie seit Wochen das Leben schwer macht, weil sie eine Distanz wahrt, die vergleichbar ist mit dem Blick aus dem All auf die chinesische Mauer, oder jemand anderes. Sie grinst. Dann fängt sie jämmerlich an zu weinen. „Was ist los mit mir und meinem bekloppten Kopf?"

Sie liegt im Bett. Ihr Kopf dröhnt. Vermutlich weil sie zu viel Tabletten genommen hat. Ihr ist so verdammt schlecht, dass sie im Bogen kotzen könnte. Ihr Magen ist flau. Sie hat bereits seit einer Woche drei Kilo abgenommen. „Blass wie eine Wand", schimpft ihre Mutter, als sie sich treffen. „Siehst'e und früher hat sich die Königin eine Tochter gewünscht mit Haut so weiß wie Schnee." Sie versucht ihre Mama auf eine humorvolle Art zu beruhigen, aber danach ist Frau Bühl schon lange nicht mehr. Erst Recht nicht beim Anblick ihrer Tochter. Dabei ist Emma, trotz ihrer Sprüche, innerlich so zerbrechlich wie ein eingerisses Glas, was man mit zu heißem Wasser abwusch. Nur weil man nicht abwarten konnte, bis es etwas abkühlen hätte können. Genauso stellt Emma Bühl sich bildlich ihre Seele vor, die seit einigen Jahren in Gottes Händen liegt.

In der Wohnung macht sie einen Rundumschlag. Blumen umtopfen, Fenster putzen, alles waschen, was überhaupt in die Waschmaschine passt. Sie schmeißt zwischen durch ihre Pillen. „Warum macht mich das so wahnsinnig? Es ist doch nur ein Aufenthalt in der Klinik."

Sie weiß einfach nicht warum. Sie hat einfach solche Angst vor diesem Scheiß-Entzug. Am liebsten würde sie alles abbrechen, ihre Sachen packen und sich irgendwo einbunkern, sodass man sie nicht finden kann: ihr ihre überlebenswichtigen Medikamente nicht wegnehmen kann. Ihre Augen sind geschwollen vom ununterbrochenen Weinen. Emma Bühl, 25 Jahre und nicht in der Lage ihre Gedanken und Gefühle zu steuern?

Das war doch alles einmal anders! Sie sehnt sich nach ihrer Jugend zurück. Unbeschwert. Frei. Frei von Sorgen, die sie quälen. Sans souci. Und nun steht auch noch ein klinischer Entzug an. Will sie ihn packen? Ihr ist nicht nach Leben und nicht nach Sterben.

Und wieder hört sie die Englein singen, wie damals, in der Klappa. Sie hört sie so deutlich und so klar. Ihr Dresch scheint heute einen enormen Zustand zu besitzen. Immer wieder und wieder und wieder kreisen ihr die Abschlussworte des Pfarrers durch die zu platzen drohende Schädeldecke: "Und kein Schatten den wir spüren, kann das Licht in uns zerstören." Selbst wenn es kein Schatten zu zerstören schafft, müsste dafür nicht auch Licht vorhanden sein?

Über ihrem Schreibtisch daheim hängt die Holzperlenkette mit dem goldenen Credo. Sie holt es sich und legt es neben sich auf das leere Kissen. In den täglichen Losungen versucht sie klare Worte für ihre Situation zu finden, aber sie ist nicht in der Lage ihren Glauben zu glauben. Sie kann gar nichts. Ihr Körper fühlt sich schwer und heiß an. Blass, wie der Kalk an den Wänden. „Wie Schneewittchen", denkt sie. Jeder Blick in den

Spiegel ist zu viel. Sie könnte hineinschlagen um ihr Abbild zu zerstören. Wieder diese Englein:

Hörst du uns rufen?
Hörst du uns singen?
Holen wollen wir dich,
an einen schönen Ort dich bringen.
Dort ist Frieden und Ruhe in den Seelen.
Niemand will dort foltern oder quälen.
Die Wolken dir so nah wie niemals zuvor sind;
Weiße Flügel tragen dich im warmen Wind.
So hell das Licht, es blendet dich,
achte auf uns, erschreck' dich nicht.
Angst und Panik ist hier fremd,
weil jeder Engel nur Liebe kennt.
Hier bist du nie allein, immer beisamm'.
Komm zu uns, komm mit uns,
du bist bereit.
Komm zu uns, komm mit uns,
Gott ist dein Geleit.
Wir Engelein singen nur für dich.
Komm näher, wir beschützen dich.
Ein kleiner Schritt bis zum Himmelstor

Worauf wartest du? Steig' empor!
Reich die Hände, lass dich heben,
spür' die Wärme: Gottes Segen.

Als Emma erneut auf keine der unzähligen Anrufe reagiert, informiert Drummer ihre Mum. Sie hat einen Schlüssel zu ihrer niedlich eingerichteten Wohnung. Mama Bühl schaudert es. Sie traut sich nicht alleine dorthin, weil sie fürchtet, was sie dort vorfinden wird. Kris, ein guter Freund von Emma, den sie auf der Arbeit kennen gelernt hat, begleitet Frau Bühl. Er ist charakterlich stark, weiß mit Emma umzugehen, kennt ihre Vergangenheit und ahnt, wie es um den klinischen Entzug steht; wie sehr ihr dieser Schritt Angst und Kummer bereitet. Als sie in der Wohnung eintreffen, können sie kaum ihren Augen trauen. Ein Meer aus Kerzen, auf 62qm verteilt, das Bett mit den schönsten reinsten weißen Laken überspannt. Die zierliche Gestalt von Emma trägt nichts, außer weiße Unterwäsche und ihrem Rosenkranz. Sie hat sich geschminkt, als wolle sie ausgehen, sie duftet wie der Frühling in seiner schönsten Blüte. Aber sie weint. Sie weint heftig. Als Kris an das Bett tritt, hört er sie flüstern:"Ich bin nicht dreckig. Ich bin nicht dreckig. Ich bin so rein und sauber wie diese Wäsche." Sie fängt erbärmlich zu weinen an. Erneut, aber diesmal im Schreien, äußert sie, wie sauber sie sei. Frau Bühl ruft den Notarzt. Emma steht unter Schock. Kris ist bei ihr. Er fragt sie, was sie gerade denkt. „Die Englein holen mich. Wenn nicht heute, dann ein anderes Mal. Ich habe es verdient, ohne Schmerzen zu leben, Kris!"

„Mein Kind ist ein Engel auf Erden. Irgendwann wird Gott ihr dieses Leben, das sie so unbeschreiblich doll verdient hat auch gönnen und schenken. Es ist eine Probe für Emma, so erzählt sie mir immer davon. Gott will sehen, wie stark sie ist!" Frau Bühl setzt sich auf den Boden neben Emmas Bett und hält ihre eiskalte Hand.

Der letzte Eintrag in ihrem Büchlein, das aufgeschlagen auf ihrem weißen Bett liegt, zerreißt der Mutter und auch Kris das Herz.

Wohl dem Menschen, wenn er gelernt hat, zu ertragen, was er nicht ändern kann, und preiszugeben mit Würde, was er nicht retten kann.

Friedrich Schiller